愛を歌え

鈴掛 真

青土社

愛を歌え　目次

愛を歌え

つめたい手

壊れないようにそうっと触れ合って溶けないように離れて眠る

途切れ途切れ人差し指が４拍子きざむタバコをやめた同僚

かんたんに人と繋がりすぎたから通信速度が落ちる月末

刻々と海へ沈んでゆくようだ建設中のビルを見上げて

生き物は俺以外にも住んでいて風呂場の隅で増えるクリムゾン

掃除機が充電式で天井に吊るす長さのケーブルが無い

「死にたい」と下手なマスカラ塗りながら向かいの席の女子高生は

乗換えの駅のトイレに捨ててきた　とても為になる本だったので

新刊の表紙を覆うブックカバーのようにマスクで隠す唇

脇腹に触れるつめたい君の手が輪郭としてずっと消えない

『来月は会えるかしら』とヘップバーンの吹き替えみたいな母の留守録

ひとりでに身体は生きたがっていてフラペチーノがやっぱり甘い

命あるものとして伸びる友達の子供の指の爪の小ささ

コンビニが取り壊されてまっすぐに顔を上げると満月だった

充電の端子を繋ぎ自動的に朝日が照らすシングルベッド

鐘の音が遠のく街で

歌声を知らない人と寝た朝は知らない音で目覚ましが鳴る

3日目に創るのは海　真っ青な尾を引きながら溶けるバスクリン

あなたから生まれたかったアンダンテのテンポで上下するあばら骨

花束はちゃんときれいだ貯めていたTポイントで注文しても
みんな同じ場所へと還る無花果《いちじく》の枯葉は人の掌に似て
「すき」「きらい」そっと花びら引き剥がすようにあなたの瞼に触れた

膝頭を林檎《りんご》に見立て頬張れば罪を分け合うアダムとアダム

息の根を止められているとき俺はどんな顔しているんだろうなあ

不倫した歌手が奏でる楽園を追われる夜に似合うバラード

鐘の音が遠のく街で愛なんか無くても灯るホテルのネオン

繋がっている

「がんばれよ」なんてあなたが言うたびにだんだん遠くなるような夕陽

真っ当に生きなくたっていい汗が歪む背骨をすーっとなぞれば

白い息が混ざって消えるまだ誰も名付けていない自然現象

取り替えた電球がまた切れる頃あなたはここにいない気がする

なんで嘘ついたんだろう　さよならと言ったり好きと言わなかったり

ブルートゥースイヤホン片方ずつ付けて見えないもので繋がっている

この駅で降りるのはもう最後だとＧｏｏｇｌｅマップから消える星

都会では消えて見えない星にすら名前が付いているのに、俺は

何回も思い出さないようにってＺＩＰファイルにして保存した

待ってなどいません　季節が変わるのを黙って見届けたいだけです

幸福の形

カーテンを開けた向こうの風景が美しくない病室の窓

ヒロインをめぐって殴り合う場所に適した川がこの街に無い

結露した窓に描けばどんな顔もやがて静かに涙を流す

あと何度触れるだろうかラベンダーのように細くなった祖母の腕

『夕焼小焼』５時の時報を聞き俺は誰も待たない家へと帰る

テクノロジーがどれだけ進歩してもなお改札口はきっと悲しい

幸福の形はみんな違うから誰も探さなくなった四つ葉

ハンカチにアイロンかける　ちゃんとした人になれてるような気がして

孤立してみたい夜にも隣人がシャワーを浴びる音は聞こえる

来世にはあなたのためだけに咲いたポインセチアになって枯れたい

海より深い

腕まくらされて夜空を見上げてもあなたは違う星を見ていた

ドアの音を立てずに彼は出て行った　ぜんぶ無かったことかのように

浅黒い高校生の首筋はトルティーヤ・チップスの匂いがする

世界からいなくなったと仮定してブロックしたあとすぐに戻した

レンタカーを夜中に借りる誰だっていいから迎えに行きたくなって

手袋の上からだからまだ君と手を繋いではいないはずだよ

「なんでキスしたの？」と訊かれ考えているふりをして数えるささくれ

白檀の香りで満たす目覚めたらあなたを忘れていられるように

マリアナの海より深い年下の男に抱かれ落ちる眠りは

そしてまた会いたくなって善悪がはっきりしないから春が好き

オールタイムベスト　1

君の名を上手くきれいな発音でずっと言えずにいたような日々
靴箱に貼られた名前のシールすらなぜかまっすぐ見れないでいた
なんだっていいから君の1番になっていたくて貸した教科書
誰にでも雨は等しく降るようにあの子は僕のものにならない
当番がどうせ消すから黒板に赤いチョークで書くラブレター

好きだって気持ちを知ってしまってからいたいのいたいのとんでいかない

「もうすぐで終わってしまうよ」　刻まれた定期《ていき》券の日付が急かす卒業

もう一度初めて交わす言葉からやりなおせたら何て話そう

今日までの記憶を喪失してもなお初恋として君に逢いたい

戻らない君との帰り道はまるで色鉛筆の足りない黄色

オールタイムベスト　2

色のない夜明けの街に差し込んだ光のように君と出会った
繰り返す一秒よりも戻らないただ一瞬を見つめていたい
言葉にはまだできなくて指先を向けた雲間に書いた告白
五線譜に載せた記憶の波音は終わることなくつづくメロディ
朝が来てなにもかも忘れてしまう夢のつづきじゃなくてよかった

まだ海がなかった頃の地球から見た満月の色を知りたい
僕たちで誰も唱えたことのない月面模様の例えをつくる
何を言うわけでもなくてただ涙流す時間をくれてありがとう
ねえ。あの日「またね」のあとに唇をゆらして君はなんて言ったの？
真っ白な紙に世界のはじまりとしての海辺をふたりで描こう

神様

ドの音が出ないピアノのようだった　君に出会ってなかった僕は

窓際の席から見てた横顔の落書きだけで仕立てる画集

校庭のチャイムが聞こえなくなった僕らは何を卒業しよう

パチパチと切り落とされてまだ君に触れたことない爪の断面

声色を忘れぬようにイヤホンで塞いで何も流さず帰る

始まりも終わりもしない夜でした　雨が静かに降っていました

夕立が降れば誰もが傘をさすように泣いたら来てくれますか

忘れたい恋に限って消しゴムじゃ消せないペンで描かれている

あと少し勇気があれば運命は何か変わっていたの？　神様

まだ癒えぬ傷を抱えて旅立ちを迎える朝が誰にでも来る

春に降る雪

「あのときの返事を今も待ってます」赤い顔して佇むポスト

形あるものがときには恋しくて旅先の絵葉書をください

明け方に君がいなくてシーツには残らなかった幾つかのこと

花びらは静かに落ちる　始まりと終わりに音はなにも鳴らない
区役所の掲示板には貼ってあるはずがなかった彼の消息
ビルの上から飛び降りるときくらいどうか笑顔でありますように

咲いたならいずれは枯れてしまうからずっと蕾でいちゃだめですか

さよならの夜を照らしていた月の形を今も覚えています。

またいつか思い出すかもしれません春に降る雪のようにふっと

7月のプレリュード

大人にはなりたくないと言いたげにあいつはファンタグレープを飲む

触れぬなら濡らしてみよう（静粛に）霧雨浴びた新宿御苑

不可解な方がいいキソウテンガイという名の草があるって知った

恋仲と呼べぬ二人の真ん中にさすには小さすぎたパラソル

運勢は決められている新作のジブリ映画を誰と観るかで

「街中がジオラマみたいだね」なんて展望台のよくある話

7月はいつも突然やって来て口約束を置き去りにする

デビュー曲ばかりリピートして次に進めなくなるベストアルバム

宛先に届かず送り返された切手が2円足らない手紙

ホテル・クラスカ

夏だって浮かれてる間に死んじゃった蛍みたいな約束だった

真夜中のホテルロビーはそれぞれの眠りたくない訳《わけ》を抱えて

さっきからあなたがひとつ嘘をつく度に積まれていく角砂糖

本当の気持ちが見えなかったのは胸ポケットのあるシャツだから

ため息をうるさいサーキュレーターが循環させている熱帯夜

身体から知り合ったなら今更に何を話せば良いのだろうか

シャンプーが耳を塞いだからそれは聞こえなかったことにしておく

あなたにはもう会わないとバスタブの栓抜きながらなぜか思った

遠くから手を振る代わりにウインカー点して去ったＢＭＷ

自分にはせめて優しくなりたくて弱酸性のビオレで洗う

王子なんかじゃない

黄金の林檎を探す旅の途中です一晩の宿をください

葡萄《ぶどう》酒に酔ったふりして狼にわざと喰われてみたい日もある

紫陽花《あじさい》をあなたと見たい来年も好きでいるとは限らないから

つきすぎた嘘は乾いて染みとなるワイングラスの底の赤色

あの子とは別れたのかと訊けぬまま空いたボジョレー・ヌーヴォーのボトル

「また連絡する」とあなたは噛みすぎて味の無いガムみたいに言った

王子様がいつか迎えに来るまでのそばで見守る小人のひとり

幸せの意味を訊けずに「幸せに暮らしました」で終わった童話

絶対に手の届かないあの星にあなたと同じ名前を付けた

レイニーブルー

人混みであなたを探しやすいから透明色の傘越しに待つ

とりあえずどこかだれかの恋人を奪いたくなるような雨降り

「……」「……」会話が途切れるにつれて炭酸抜けたジンジャーエール

一度だけ聞いてくださいい明日にはどうせ忘れてしまう歌です

ワイシャツは昨日洗っておきました柔軟剤の香りを付けて

「待っててもいいですか」許可されたならあなたのせいにできるから訊く

あやまちが美化してしまうその前にベッドから剥ぐボックスシーツ

ドーナツの穴から見てみればこんな世界も甘く見えるだろうか

正しさを失いそうになる夜は泣ける映画を一人で借りる

雨宿りすればあなたに会えそうな気がした　雨はもうやんでいた

オールタイムベスト　3

突然に寒さの戻る春の日のような出逢いに震えていたんだ

ひとつでも間違えたなら話せない11桁で繋がっている

「幸」せと「辛」いを書き間違えたままそのままにしておくような恋

夜になるには早すぎてまだ帰したくない夏の19時にいる

交し合う言葉の数を星にして部屋一面に描く星座図

眠ってる君のことだけ切り取った無声映画の監督になる

寝てる間にマジックペンで無防備な背に「ぼくの」って書いておきたい

もし僕が世界をつくりなおすならいちばん初めに君をつくろう

ひぐらしの最後の雄が死ぬ前に好きと言えたら秋にならない

ＬＯＶＥじゃなく恋と愛とを別々に話せる国があってよかった

オールタイムベスト　4

あの人が走って会いに来るように冷たい雨が降ればいいのに
背中からきつく抱かれた感覚で生き長らえてしまう平日
大切なことを言わないようにするたびに僕らはセックスをする
ああ君はそうして声を出すんだねそうして顔を歪めるんだね
あちこちに匂いが染みてしばらくはシャワー浴びずにぼーっとしてる

「バイバイ」のあと付け足したけど君に聞こえなかった横断歩道
吐息さえ同じ匂いになるように灯す忘れていったマルボロ
まだ瞼閉じた夜明けにまだ誰も呼んだことない名前で呼んで
いつまでも忘れずにいてほしいから決して僕を許さないでね
初めから解り合えやしないことを知って僕らは何度も話す

一夜限りのロードショー

脚本に書かれていないアドリブのようにあなたの連絡は来る

釈然としない二人のいきさつはモノクロームで撮るべきだった

恋人の存在だけが省かれて語られていく回想シーン

どちらかの一方だけが悪役になど成り得ないはずのあらすじ

流すなら悲しいピアノソロにする別れ話のサウンドトラック

よく嘘をつく人だったから助演男優賞にノミネートする

結末を見ないで席を立ったなら映画は終わることなく続く
続編で再会せずに済むように僕は死んだことにしてください

おいしい水

永遠に変わらぬものがある場所を探し求める航海に出る

地上には誰もいないと仮定した生命誕生の日の再現

砂粒が背中に付いていることを教えてあげずそのままにした

僕たちを象るものを海水に溶かし原始で再会しよう

砂浜に手紙を書いたけどすぐに波が消すから見ないでください

足跡は振り返らない過ぎ去った夏に紛らせ捨てたサンダル

この恋を海に還してされどなお座礁したなら告白します

返信は無くていいから「元気ですか」とだけ伝えてくれ渡り鳥

大切に水を与えてくれなくちゃ忘れな草も枯れてしまうよ

満ち潮をもたらす月の引力もあなたを連れて来てはくれない

最後のセレナーデ

待ち合わせ場所から見えた三日月は偶然じゃないような気がする

僕らにはもう似合わないセレナーデが響く日比谷野外音楽堂

『恋人は夜明けに只の人と成る』おとぎ話のことではなくて

永久に明けぬ極夜のノルウェーで寄り添いながら凍りつきたい

朝食をとるように抱き合ったなら友人としてコーヒーを飲む

デジタルが進んだせいで思い出をたやすく消去できなくなった

過ぎ去った日へと戻してくれるから財布に入れたままの半券

世界を分かつ

一向に花の咲かないサボテンが生まれた意味を問い掛けて来る

身勝手に繫がるフリーＷｉ－Ｆｉが俺を放っておいてくれない

屋上でＵＦＯを呼ぶふりをして見えない明日に向けて叫んだ

線と線で繋がれてない空でなら誰も独りじゃなかったのにね

「ここまでが僕でここから君のもの」飛行機雲が世界を分かつ

星座図を書き直しても俺たちはどうせ神話にならないだろう

死んだなら何人泣いてくれるかを羊のように数えて眠る

抱き合って眠った夜が明けるころ綿菓子ならば溶けていたのに

目覚めるとあなたはいなくなっていて音も立てずに冬が来ていた

家出少年

恋人はいらないという君のため悪人として対峙している

郵便の配達員が「まだ生きてますか」とインターホン越しに訊く

心まで強くなれないヤクルトをたとえ毎日飲み続けても

無いことを知っていながら帰らない理由を探す家出少年

誰しもがきっと笑っていたはずだ　君が生まれたその日ばかりは

歩道橋が取り壊されて俺たちは見えなくなった夕陽に気づく

街に降る雪のいずれか一粒も君の吐息であったのだろう
誰かではなくて確かに君だったはずの轍を探して辿る

ターミナル

唐突に遠い異国へ放たれて誰も知らない人になりたい

日本語が話せぬ君と言葉ではないもの交わす上海の夜

取り返しのつかないことがしたくなり写ルンですのシャッターを切る

チェリストの指を縛って表現の自由を奪うような策略
コンタクトレンズ外せば君じゃない人に抱かれているかのように
田子坊《ティエンツーファン》で買った茉莉花茶《ジャスミン》の苦味感じなくなるまで抱いていて

言葉などいらないとしてくちづけをする瞬間は誰しも黙る

雲を突くようにそびえる浦東《プードン》の飛び降りるには高すぎるタワー

君の国の言語で何と言うのだろう「別に愛してないわけじゃない」

もうこれが最後になるかもしれないから赤信号は続いても良い

逆向きのシートに座り加速して離れる街をずっと見ていた

「I want to be with you, more」英語なら他人が言った台詞のようで

フィルムに焼き付く君の眼差しはPhotoshopでも隠しきれない

お役目を終えた着ぐるみの墓場みたい終電過ぎの羽田空港

terminal［和訳］終末　俺はもう辿り着いているのかそれとも

正しくは変換できないままでいる【どうせいこん】と入力しても

オールタイムベスト　5

国中に大停電を巻き起こし二人でずっと話していよう

雨のなか裸足で表参道を走りきれたら付き合ってください

春風にのって旅立つ花になり君を泣かせてみたい3月

会いたいと思った数と同じだけシロツメクサを植える庭園

お互いにバターナイフを振りかざし闘うような喧嘩がしたい

木枯らしがにわかに吹いて唇が渇いてしまう前にキスして
荒れ果てた砂の大地でキスすれば確かに在ったはずのオアシス
８つ目の海が生まれたこの部屋は君が似合うと言った青色
眠りから覚めて初めて目に映る世界はいつも君でありたい
旅に出よう　僕らは正しかったのかわからなくなるくらい遠くへ

オールタイムベスト　6

少しでも同じ未来になるように運命線を合わす掌

いつまでも決して色褪せることのない現像液を探しています

二人でいる夜に決まって焚く香の灰が積もって生まれた砂漠

あなたから大事なものを奪い去り最後に残るものを知りたい

母さんに「くそばばあ」って言うみたく僕を憎めばいいんじゃないの？

一度とて同じ夜空は無い故に迷うことなく行け、ほうき星

思い出をいっしょにつくりすぎちゃってぜんぶあなたに見える東京

天の川を隔ててなんていないのにもう僕たちは二度と会えない

雨じゃなく僕だったかもしれません　あなたの頬を濡らしたものは

映画でもドラマでもない僕たちの日常という感動巨篇

グッバイ

変わらない春がまた来るはずでした　あなただけがいない春でした

じっとしていて欲しいから世田谷区全域に暴風警報を出す

「友達に戻ろう」なんて振り出しへ戻れるすごろくじゃないんだから

明日から決して交わることの無い平行線を辿る足跡

切実に涙こらえる「さよなら」はとても悲しい歌に聞こえた

幸福な別れにしよう。なにもかも冗談だったような「グッバイ」

呆気なく恋が終わった夜だから主題歌くらい流れてほしい

最終の列車に揺られ帰宅する誰も触ってくれぬ身体で

聞き慣れぬ駅の名前は優しくて遠回りして帰る地下鉄

忘れればいいんだよって言うように雨が突然ザーッて降った
あなたとの記憶を消せるスイッチを発明してもたぶん押さない

終わらない歌

異国では誰かがひとり涙する君がくしゃみをひとつするとき

紺色のブレザー朝日に映える俺の中学校は学ランだった

「せんせいはだれがすきなの?」正解の無いことばかり尋ねる生徒

教壇に立ってチャイムが鳴る間あの子とずっと目が合っていた

何度でもやり直せるから将来の夢はノートにシャーペンで書け

本当に必要なものは見つからず何も買わずにローソンを出る

今だったらまだ間に合う、と隅っこで君の形を留める毛布

後戻りできぬ時間のなか夜はいつでも東からやって来る

ここじゃないような気がして飛び乗った列車がずっと駅に着かない

平和園からの帰り道

「いらっしゃいませ」のときだけ君の声はテンポが落ちて半音上がる

中華鍋握る背中がアメスピの煙に沁みてちゃんと見えない

炒飯を飲み込んだならするはずじゃなかった話ばかり出てきた

踏み込んじゃいけないんだなカウンターに隔たれているふたつの体

変わったのは俺かもしれない名駅《めいえき》に知らないビルがいくつも建って

8月に帰る故郷のある人はいいなと思う八重洲改札

まだ何も成し遂げてない夏なのに賞味期限のカロリーメイト

熱湯がシンクを鳴らし焼いてないのに焼きそばは完成される

路地裏の家は静かだ独りでは手が届かない背中のボタン

知らなくていいことばかり増えてゆき見知らぬ花が庭に咲いている

東京は今夜も月がきれいです。今もあなたのことが好きです。

夏の轍

雨予報信じて傘を持って行く　裏切るはずじゃなかったのにな

台風が置き去りにした空の下で新入社員は仕事をサボる

届かない叫びはただの独り言ツクツクボーシツクツクボーシ

海岸が見えない座席だし君はのぞみが停まらない街にいる

通り雨　ペトリコールが香り立つ前にアプリが教えてくれた

リビングの奥でテンポはそのままにキーが下がった母の「おかえり」

腐ることすらできなくて冷凍庫に残る去年のハーゲンダッツ

剃刀に負けて流れる血液がシャワーに触れて透明になる

『夕飯はいらない』とメモ残すような気分で家を出てみたかった

新しい言葉を知って甥と姪は育てなくても勝手に育つ

「先生」と呼ばれ振り向く教室のこっち側から見ている構図

少年は廊下を走る後ろから見えない光に追いかけられて

ぬかるんだ校庭を行く自転車の轍を掻き消すほどの夕立

頑なに傘をささない老人が標識となりタクシーを待つ

古本に父の指紋を保存した書棚が低く思える目線

『ありがとう』ブルーライトに照らされたときだけ見えるペンなら書ける

帰りたくないと言えずに渡りきる青信号はやけに短い

新幹線の時間だから、と自由席なのに別れてゆっくり歩く

全米が泣いた恋愛映画なら最後に君が追って来るのに

終わりとは常に無音だ　蝉の声が聞こえなくなったから帰ろう

愛が何かを

出身を聞けば「火星」と真剣に答えるような男の寝顔

「おはよう」と言う人がいて「ありがとう」と僕は笑った平凡な朝

星印　君と出掛けたときにだけ付けて手帳に生まれた宇宙

手をつなぐ誰も気がつかないように誰かがひとり気がつくように

さっき食べ　た変な名前の根菜が君の体を温めている

隅っこのサラリーマンが右膝を16ビートで揺すれば恵比寿

合鍵を作るまでには早すぎる夏を出直すには遅すぎる

振り返ることなく去ったアンコールは出ないと決めているミュージシャン

「愛してる」言葉に色があったなら世界は同じ色をしている

次はいつ会えるだろうね全休符がずっと続いているような歌

正解はまだ言わないでいてほしいショートケーキのいちごのように

1日の終わりに君を思い出し夢の扉を開けて待ってる

物語がずっと終わりませんように栞を挟まないままの午後

もう君が帰って来ない部屋でまだ愛が何かを僕は知らない

解説

小佐野彈

愛を歌え、かよ！

鈴掛真の第一歌集のタイトルを見たとき、その率直さに度肝を抜かれた。

まっすぐ、素直に、自分のきもちをうたうこと——

歌人であれば、だれもが一度は、師や歌友からそう諭されたことがあるだろう。自らの作歌における基本姿勢として、「素直であること」を目指したことがあるだろう。

ところが、歌歴が長くなると、「素直であること」は難しくなってくる。斎藤茂吉の圧倒的な写生の力や、塚本邦雄の絢爛な語彙や修辞、あるいはニューウェーヴの大胆さにふれるなかで、若い歌人の歌は、徐々に熟れてゆく。歌会や批評会、あるいは選評などで、技術的瑕疵を指摘されたり、未熟さを論じられたりすることで、歌人は技巧を学び、歌の生理的構造や力学を頭で理解してゆく。結果としてうまれるのは、技巧の凝らされた、見事な一首である。いっぽう、それはさまざまな過去のうたびとたちの「手垢がついた歌」といえるかもしれない。

鈴掛真の歌は、「手垢」と無縁だ。

「愛してる」言葉に色があったなら世界は同じ色をしている
「愛が何かを」

都心の有名百貨店のキャンペーンにも使われた、鈴掛の代表歌である。シニカルさも、アイロニーもない、ただひたすらまっすぐな一首だ。

「愛してる」というフレーズは、J-POPの歌詞やキャッチコピーで使い古された、既視感にまみれた言葉である。

普通の歌人ならば、こうした言葉を使うことを躊躇する。「既視感」を恐れるからだ。ところが、鈴掛はちがう。

既視感に気をつけろ。陳腐になるな。詩性を意識しろ。

これらの、作歌における「常識」から、とことん自由なのだ。

——なんで？　なんで素直じゃいけないの？

掲出歌から、無垢にしてまっすぐな、鈴掛の問いかけが聞こえてこないか。

東京は今夜も月がきれいです。今もあなたのことが好きです。

「平和園からの帰り道」

これもまた、素直さが貫かれた一首だ。なんて衒いのない、うつくしい相聞歌だろう。見たことがある。「今もあなたのことが好きです。」という下句は、どこかで聞いたことがある。ところが、いざ思い出してみろ、と言われると、思い出せない。たしかに、かつて誰かが言っていたのだ。書いていたのだ。既視感のあるフレーズなのに、鈴掛真という歌人の手にかかると、まるではじめて出会った言葉であるかのような、瑞々しさがうまれる。

安直。陳腐。既視感。ポエジーの不在。

そういう語句を使って、われわれはときに「素直さ」を批判する。「素直さ」に対して、素直になれなくなっている。

――なんで既視感がだめなの？　なんで、わかりやすかったらいけないの？

鈴掛真の純真な問いが、また頭の中にこだまする。僕には、鈴掛の問いが、「歌」を難しく、あるいはややこしくしてしまった、われわれ歌人への警句として響く。この問いに対して、「歌とはそういうものだから」という逃げ口上は通用しない。

ほんとうに、歌とは「そういうもの」なのか？

鈴掛が突きつける根源的な問いに、歌壇は答える責務がある。

とはいえ、鈴掛真の魅力は、素直さやまっすぐさ、あるいはわかりやすさだけではない。

3日目に創るのは海　真っ青な尾を引きながら溶けるバスクリン
膝頭を林檎に見立て頬張れば罪を分け合うアダムとアダム

「鐘の音が遠のく街で」

チェリストの指を縛って表現の自由を奪うような策略
正しくは変換できないままでいる【どうせいこん】と入力しても

「ターミナル」

旧約聖書をモチーフとした連作「鐘の音が遠のく街で」から引いた二首は、微視的かつ丁寧な視点と、深淵かつスケールの大きな想像性が見事に調和した秀歌である。

三首目の「チェリスト」の歌の大胆な直喩と、ドキリとする社会性も見逃せない。結句の「策略」というインパクトの強い語にかかるように、初句から四句までを悠々と使い切った試みは、力技だが、成功していると言っていいだろう。

四首目「正しくは」と、二首目「膝頭を」に共通するのは、同性愛者であることを公表している鈴掛ならではの、社会的視角と批判性である。

素直さやわかりやすさだけでは語りきれない、鈴掛真という歌人の深みがうかがえる。

そしてまた会いたくなって善悪がはっきりしないから春が好き

「海より深い」

まっすぐでわかりやすい歌をつむぎながらも、鈴掛はさらりと、そしてしなやかに、二元論へのアンチテーゼを呈示する。善と悪、女と男、右と左。僕たちはたやすく二元論に逃げ込みたがる。実際には、性も、思想も、ひとの心根も、二元論では語りきれないのに。僕たちはいつも、もやもやしているのに。「もやもや」と素直に向き合い、率直にうたいあげること。歌とは本来、「そういうもの」ではなかったか。

花束はちゃんときれいだ貯めていたTポイントで注文しても

「鐘の音が遠のく街で」

テクノロジーがどれだけ進歩してもなお改札口はきっと悲しい

「幸福の形」

安直や既視感という誹りを恐れるがあまり、少なくない歌人が、きれいなものをただ「きれい」と言えなくなり、悲しいことをただ「悲しい」と言えなくなった。それでも鈴掛は、花束のうつくしさをただ「きれい」とうたい、改札口での別離の悲しみを、ただ「悲しい」とうたう。

——だって、きれいなものはきれいだし、悲しいことは悲しいんだから。当たり前でしょ？

鈴掛の鋭利な問いかけが、どんどん突き刺さってくる。いつのまに、僕たちはその「当たり前」を忘れてしまったのだろう。

鈴掛が「きれい」「悲しい」とうたうとき、そこには「うつくしさ」や「悲しみ」を超えた、潔さと爽やかさすら感じられる。

修辞を磨き、語彙を豊かにするべく研鑽するのは、歌人として至極まっとうな態度だ。当然、それは正しい。正しいはずなのに、鈴掛の圧倒的な素直さの前では、その「正しさ」が揺らぐのだ。

途切れ途切れ人差し指が4拍子きざむタバコをやめた同僚
生き物は俺以外にも住んでいて風呂場の隅で増えるクリムゾン
脇腹に触れるつめたい君の手が輪郭としてずっと消えない

「つめたい手」

二〇一八年、鈴掛が連作「つめたい手」で第十七回高瀬賞を受賞したのは朗報だった。友人として喜ばしい、というのはもちろんのことだが、鈴掛の「素直さ」が、「短歌人」という歌壇の中枢で高く評価されたことに、大げさかもしれないが、同じ若手歌人として、救いを感じたのである。

タバコをやめた同僚のうごきを、ポップにして的を射たことばで描出することのできる、冷静かつ緻密な視点。風呂場の片隅で、無意のうちに増えてゆく、微生物という同居者を見出すことのできる想像力。セックスにおける身体的感覚と官能を、「輪郭」という比喩に託した鋭敏なセンスとたしかな技術。

これらは、高く評価されてしかるべきものだ。

しかし僕は、鈴掛が受賞した理由は、作歌技術への評価だけにとどまらないと思っている。難しいことばを使わず、ややこしい修辞にも頼らず、ひたすらまっすぐでわかりやすい歌を志向する——

「ポップスとしての短歌」を希求する一貫した作歌態度と、鈴掛真という歌人が持つ、湿っぽさと無縁の爽やかなキャラクター自体もまた、今日の歌壇における稀有なものとして、評価されたのではないだろうか。そんな歌壇の度量にこそ、僕は「救い」を感じたのかもしれない、と思う。

もう君が帰って来ない部屋でまだ愛が何かを僕は知らない

歌集『愛を歌え』は、この一首で締めくくられる。

愛を歌え、と言う鈴掛は、結局「愛が何かを僕は知らない」とまっすぐうたい切って、筆を擱くのである。

参った。

鈴掛の素直さと率直さの前では、やはりどんな理屈も説明も、意味を持たないのだ。

もちろん、この解説も。

あとがき

初めて短歌を書いた日から、もうすぐ十二年が経とうとしています。

父の書棚に見つけた俵万智さんの『チョコレート革命』で初めて短歌に触れ、友人が薦めてくれた天野慶さんの『短歌のキブン』を読んで短歌を書き始め、地元の図書館で枡野浩一さんの『てのりくじら』を手に取り短歌の面白さを知りました。どの歌集との出逢いも鮮烈で、まるで昨日のことのように思い出されます。

本書を刊行した青土社といえば、一九七〇年代に佐佐木幸綱さんの初期歌集『群黎』『直立せよ一行の詩』『夏の鏡』を出版。歌集の出版はそれ以来、ほとんど例が無いと伺いました。「俵万智さんが短歌を始めるきっかけになったという幸綱先生に並ぶのが、僕なんかで良いのだろうか」と恐れ多くも、相聞歌（恋の歌）を数多く綴ってこられたお二人に敬意を表し、出版のお話を承諾しました。

「ポップスとしての短歌」は、初めて短歌を書いた日から今日まで、一度も揺らいだことのないセオリーです。

幼少期から、絵を描いたり、ピアノで作曲したり、とにかく何かを作って表現したくて堪らなく、大学で様々な創作に触れた僕にとって、あらゆる装飾が削ぎ落とされた短歌という定型は、最も洗練されたクリエイションに思えました。

どうして今まで知らなかったんだろう。こんなにも面白くて奥深い短歌というカルチャーが、なぜこんなにも脇に追いやられているんだろう。書店に赴けば、歌集コーナーは小説やエッセイに比べてあまりに狭く、詩歌の書籍を置いていない店も少なくない。どんな歌ならば、どんな形式ならば、短歌が日の目を見るだろう。歌人の先輩方の歌たちが僕に手を差し伸べてくれたように、どうしたら一人でも多くの読者の元に短歌を届けられるだろう。そればかりを毎日考えていた十二年でした。

しかし、一四〇〇年続く短歌の歴史の中、こんな僕一人が何か行動したところで、世間は簡単に振り向いてはくれない。書けば書くほど、歌集を読めば読むほど、何を書けばいいのか正解がわからなくなる。短歌はこんなに短いのに、いや、こんなに短いからこそ、奥深くて、難しい。様々な試行錯誤と苦悩ばかりの十二年でもありました。

そんな中、光栄にも天野慶さんとご主人の村田馨さんからお誘いいただき、二〇一四年に結社「短歌人」に入会。目の肥えた会員の皆さんに作品を毎月見ていただけることは、多大な刺激となりました。編集委員の宇田川寛之さんに歌稿をお送りする締切日が、ひと月の中で最も緊張する一日です。二〇一八年、新人賞である高瀬賞の受賞の報せを受けたときは、「僕のやってきたことは間違ってなかったのかもしれない」と、苦悩の闇の中に微かな光が見えた瞬間でした。

そして、気づけばどんなときにも、愛の歌を綴ってきました。

まだ一部の友人にしか、ゲイだとカミングアウトできていなかった頃。まだLGBTという言葉も社会で見受けられず、日本国内で同性パートナーシップが認められるなんて思いもよらなかった頃。

たとえ同性であっても、誰かを愛する気持ちに、形の違いはない。もしも、同性愛者である僕が、普遍的な愛の形を短歌で表現できたならば。あらゆる複雑な議論を超えて、シンパシーをもってして、社会を一つにできるのではないか。そんな大げさな期待を胸に、初めての短歌をノートに綴りました。その期待は、十二年経った今でも変わりません。

あるいは、道に立ち止まったとき、闇から光の方へと導いてくれたのは、友人からの激励であったり、母からのメールであったり、父からの手紙でありました。そのどれもが愛で満ちていて、僕はいつでも人の愛に救われてきたのです。

本書のタイトルは、学生時代にCDを買い揃え、ライヴがあると必ず観に行っていたユニットwyolicaの、一九九九年のシングル『愛をうたえ』から引用させていただきました。誰かを好きだと思う気持ちをまっすぐに肯定してくれるAzumiさんとso-toさんによる楽曲に幾度も励まされ、「美しく響く言葉」がどんなものかを、歌詞カードを熟読して学びました。歌集を出版できる今年、解散していたwyolicaが再結成するニュースが届いたのも、何かの縁かもしれません。

歌集の編に際し、師でもあり姉のようにいつも優しく指南してくださる天野慶さん、「短歌人」編集人の藤原龍一郎さん、オープンリー・ゲイの歌人として先陣を切ってくれる友人の小佐野彈くんから、貴重なアドバイスを賜りました。また、短歌人会の皆さん、僕のセオリーに共感しスカウトしてくださったワタナベエンターテインメントの吉田正樹会長、いつも近くで支えてくれる友人と家族にも、この場を借りて御礼を申し上げます。

どうしたら一人でも多くの読者の元に短歌を届けられるか、その苦悩はこの先も続きます。もがき苦しみながらも、変わらず愛の歌を綴る姿を、これからも見守ってくだされば幸いです。

令和元年六月　鈴掛真

鈴掛 真（すずかけ・しん）

歌人。1986年2月28日生まれ。愛知県春日井市出身。東京都在住。名古屋学芸大学メディア造形学部卒業。幼少より絵画、舞台、音楽、ファッションなど、様々な芸術に触れ、大学在学中の2007年、歌人・天野慶の作品に衝撃を受け、短歌を始める。2014年より短歌結社「短歌人」所属。2018年、「つめたい手」で第17回高瀬賞受賞。2019年よりワタナベエンターテインメント所属。著書に、フォトエッセイ『好きと言えたらよかったのに。』（大和出版、2012年）、エッセイ集『ゲイだけど質問ある？』（講談社、2018年）がある。

愛を歌え

2019年8月 5 日　第1刷印刷
2019年8月20日　第1刷発行

著　者　　鈴掛真

発行人　　清水一人
発行所　　青土社
　　　　　東京都千代田区神田神保町1-29　市瀬ビル　〒101-0051
　　　　　［電話］03-3291-9831（編集）　03-3294-7829（営業）
　　　　　［振替］00190-7-192955

印刷・製本　　シナノ印刷

装　丁　　川名潤
装　画　　宮島亜希

ISBN 978-4-7917-7192-9　Printed in Japan